CÉCILE CRASSOUS

Une vie sur le trottoir

26, rue des Beaumonts

First published by Cécile Crassous 2020

Cécile Crassous 3, rue Léonard de Vinci 37000 Tours
Prix public : 8,99€
ISBN 9798635945582
Dépôt légal : Juin 2020
Impression à la demande

First edition

ISBN: 9798635945582

Cover art by Senhor Tocas

This book was professionally typeset on Reedsy.
Find out more at reedsy.com

A Renaud, mon amour fou

Tel donne à pleines mains qui n'oblige personne :
La façon de donner vaut mieux que ce qu'on donne.

Pierre Corneille

UN

Une lampe des années 60, marron et beige en forme de tulipe inversée, qui ne fait qu'un halo de lumière autour de son propre pied.
Du genre à rester moche pour le reste de l'éternité, sans espoir que la grande roue de la mode ne pointe un jour sa flèche sur elle. En plus elle a un verre jauni et fêlé.

Un lit bateau ancien en noyer. Belle pièce de mobilier campagnard traditionnel ancien, avec petites frottures d'usage. Il ne va pas intéresser grand monde malgré un bel état général: démonté, comment les passants vont-ils comprendre qu'il s'agit d'un lit?

Un miroir grandiloquent, impeccable, pas cassé, pas fêlé, un miracle dans ce dépotoir.
Des chaises à n'en plus finir, mais qu'est-ce qu'elles pouvaient bien faire de toutes ces chaises, personne n'entrait jamais chez elles, est-ce qu'elles s'asseyaient chaque jour sur une chaise différente pour leur donner un semblant d'utilité?

Une couverture laine et Thermolactyl, l'assurance d'une chaleur idéale. Le mélange laine/modacrylique assure un maximum de chaleur. Elle ne bouloche pas et garde ses propriétés. Housse de rangement avec poignées. Réversible.

Des chaussures plates Mephisto à lacets, cuir véritable et fabriqué en France, disposant d'un talon de 3 cm et de 5 œillets. Modèle confortable et souple grâce à sa semelle intercalaire souple SOFT-AIR et à son talon amortisseur qui soulage des chocs inhérents à la marche.

Un canapé informe sans coussins, dessus, un vélo debout, droit, tenant un équilibre précaire. Il est bien équipé: le klaxon, la pompe, la lumière, et même une double sacoche à l'arrière: il n'a rien à envier au dernier Décathlon malgré son âge. Celui-là ne restera pas longtemps sur le trottoir. Il va trouver preneur et partira dans les premiers.
Des casseroles, des couverts, un dessous de plat, une carafe.

Il pleut. Dommage pour les cadres. Et pour les photos qui vont prendre l'eau. Les livres aussi.
Des cartons remplis ras la gueule. Des cartons remplis tellement qu'ils dégueulent, éventrés par la pluie.
Les coussins du canapé par terre, des cintres, des bouteilles en verre. Une brosse à cheveux avec des cheveux. Pas très attirant, mais quelqu'un dans le besoin, peut-être, se laisserait tenter...
Des plats en terre, en faïence. Des pelotes de laine entamées, des aiguilles, du fil, des chutes de tissus.

Je ne t'aime pas, je te rejette, je te retire ce que tu serais en droit de demander. Je te méprise, je te nie.
Bijoux sans valeur. Une bombe de laque. Un matelas replié sur lui-même, et encore des cartons. Un crucifix. Qu'a-t-elle

ressenti en jetant le crucifix sur le trottoir? A-t-elle jeté une bondieuserie, a-t-elle pensé que le Tout-Puissant lui-même se disait bon débarras?
Des lunettes, des serviettes, un gant, des mouchoirs en tissus comme on n'en fait plus. Brodés en plus.
Une horloge comtoise, encore une couverture Thermolactyl, des allume-feu, un tisonnier, un paquet de journaux.

Elle ne les aurait pas tuées de ses mains, quand même pas. Mais quand elle l'a appris, elle a bien ri. Elle a ri de bon cœur. Récupérer la maison, et tout ce qu'elle contient. Tout ce qu'elle contient on ne va pas en faire grand cas. Je vais tout foutre sur le trottoir, les passants me débarrasseront de ce qu'il reste de ces connasses.
Putain que c'est drôle. Putain que c'est drôle!
C'est drôle oui, comment on peut dire Putain que c'est drôle et ne pas rire du tout.

Encore des assiettes, encore des couverts, encore des cartons, beaucoup de toutes petites choses entassées, beaucoup, il faut fouiller, c'est comme aux puces.
Des torchons, un ouvre-bouteille avec un manche en forme de vigne, des coquetiers en bois et d'autres en plastique, des verres Amora et des verres Nutella qui ne s'emboîtent pas: les Amora ont un pied alors que les Nutella sont cylindriques.

C'est juste pour se débarrasser. Parce que je ne risque pas de garder le moindre objet, la moindre babiole qui me fasse penser à elles, alors tout sur le trottoir, rien à foutre, je vends la maison, je récupère le fric, mon dû, comme la vie est ironique. Et voilà: elles sont mortes ensemble, en symbiose!

Elles sont surtout mortes avant moi... je ne dirais pas que c'est fait exprès comme une punition divine. Quoique.
Le quartier s'est renchéri ces dernières années. Ces toutes petites maisons d'ouvriers se sont agrandies, une pièce par-ci, une surélévation par-là. Les bobos débarquent, les maisons s'agrandissent, les prix s'envolent.
De façon tellement désordonnée que c'en est laid, ce quartier est immonde, cette rue est immonde, rien n'est harmonieux. Mais je m'en fous, je prends l'argent, c'est tout.

DEUX

André, viens voir, dit-elle en chuchotant. André, viens voir, dit-elle plus fort, agacée de devoir se répéter.
Michèle arrête avec ça, laisse ces voisins tranquilles, lui répond mollement André.

Bien sûr, ça l'ennuie de voir sa femme passer des journées derrière la fenêtre, collée au frigo parce que c'est là qu'elle a le meilleur angle de la rue.
Il ne comprend pas le plaisir qu'elle peut prendre cachée derrière son rideau en crochet à regarder passer la vie des autres.

En vieillissant elle ne sait plus s'occuper. Elle fatigue vite, mais enfin il y a bien des choses à faire, même sans sortir! Regarde le point de croix, tu aimes bien ça, le point de croix!
Elle a haussé les épaules. Elle n'a plus envie, quoi.
Alors par principe, de temps en temps il lui dit encore arrête d'espionner la rue, mais la peine qu'elle lui inspire, derrière son rideau comme une enfant qui se croit cachée, finit d'effacer le peu de conviction qu'il y met.

Non mais cette fois c'est important viens voir, je t'assure, mais viens je te dis André.

Habitué à ses non mais viens c'est incroyable, tu vois je te disais que la voisine ne ramassait pas les crottes de son chien, eh bien voilà, j'en ai la preuve, voilà je le savais bien, mais toi tu ne me croyais pas bien sûr.
Tiens, la voisine du 17 s'est mise à la course à pieds. Elle a raison. Elle doit prendre soin d'elle si elle veut garder son mari. Tu ne crois pas, André ?
Ou à ses non mais viens André je te dis, regarde elle a grossi, je suis sûre que la voisine d'en-face va encore avoir un petit. Tu ne crois pas, tu ne dis rien bien sûr, tu n'en sais rien mais enfin elle a grossi non, dis-moi au moins si tu trouves qu'elle a grossi. André réponds-moi enfin.

André la rejoint lentement, comme pour montrer sa désapprobation à devenir le vigile de la rue. Pourtant cette fois il se passe quelque chose. Il faut bien se mettre dans l'angle et sur la pointe des pieds... Regarde, sur le même trottoir que nous, c'est râlant, si ça avait été en face on aurait mieux vu.

Tu vois je t'avais dit qu'il lui restait une fille. Mais si bien sûr que c'est elle, elle lui ressemble. Regarde, regarde ce qu'elle fait, elle met tout sur le trottoir.
Elle veut se débarrasser c'est sûr. Elles se détestaient. Je t'ai dit qu'elles se détestaient? Elles se détestaient, mais c'est normal, enfin pas forcément normal, mais je le comprends. Bien sûr que je la connais cette petite. Et quand bien même si je ne la connaissais pas, je peux dire que je la comprends, sans la connaitre, j'ai le droit de le dire. Si, j'ai le droit de dire que j'ai le droit de la comprendre.

Tu peux partir dans la pièce d'à-côté, je sais que tu m'entends.

Je veux juste dire que jeter tout ça sur le trottoir ça peut paraître brutal, mais je comprends.

Le téléphone sonne. André, peux-tu répondre ? Tss... ce doit être un vendeur de cuisine. Qui était-ce ? André, qui était-ce au téléphone ? Un vendeur de cuisine ? Tu ne m'étonne pas, justement c'est ce que je pensais.

Michèle retourne à sa fenêtre, parce que des maisons vidées comme ça, sur le trottoir, et sur le même trottoir en plus, ce n'est pas tous les jours. Dans certains quartiers peut-être, mais dans la rue des Beaumonts, c'est bien la première fois. Ça va être un fichu bazar. Sans compter les badauds. Si ça se trouve ça va se répandre comme une traînée de poudre... qui sait comment va finir cette histoire. Tu as bien fermé le portail André?

TROIS

Excusez-moi! Dis madame, vous débarrassez? Je veux dire, je peux me servir? Vous mettez tout dehors pour que les gens se servent? Mais il faut payer, vous allez mettre les prix? Ah rien? Tout gratos? Ah cool. Donc je peux prendre le vélo?
Putain la classe, eh merci madame! Je peux prendre la cocotte aussi? Vous êtes sûre? Vraiment tout ce que je veux? Sans déconner? Parce que normalement c'est quand même payant, même si c'est pas cher. Ah non non, je veux pas payer, ça me va bien, c'est cool.
... Sinon je pense à un truc: je vais chercher une camionnette, si vraiment on peut se servir. Je peux revenir tout à l'heure, quoi. Vous pouvez mettre de côté le vélo? Ah. Bon. Ouais pas grave, je vais me magner.
Bon, au mieux je peux être là dans une heure. Ça aurait été sympa pour le vélo. C'est sûr? Ouais je comprends, c'est pas grave. Hey, faut pas pleurer comme ça madame! Ah, vous rigolez? Non rien, c'est juste que quand vous rigolez on dirait que vous pleurez.
Bon je bouge alors. Jetez un œil au vélo quand même!

QUATRE

André et Michèle se sont exceptionnellement installés dans la cuisine pour leur partie de scrabble. Fenêtre entrouverte, malgré le petit air.
Il y a un petit air, non? Un petit air de quoi, voudrait répondre André. Il est facétieux. Mais il ne dit rien. Trop fatigué. Il fait sa partie de scrabble, sans grand entrain. En général il trouve quelques bons mots, mais il ne les place pas, pour la laisser gagner.
Michèle n'aime pas perdre.

Non mais tu entends ce vacarme? Elle aurait pu faire ça en journée. Parce que là on va avoir du bazar toute la nuit... Et encore! Quand je dis bazar je suis polie... on va avoir du grabuge, oui! Tu ne crois pas André. André! On ne sait pas qui va venir, ni combien de personnes. Il va y avoir du trafic. Des voitures, des badauds...
En tous cas moi ce que j'en dis, c'est qu'elle aurait pu vider la maison ce matin. On aurait mieux pu contrôler la situation. Là, la nuit tombe, on ne voit rien. En plus on n'est pas du bon côté du trottoir. C'est agaçant cette histoire. Qui sait comment tout cela va finir... Tu as bien fermé le portail André?

Ça ne te dérange pas si j'échange le V contre le H? Tu me dis si ça te dérange. Je ne voudrais pas le faire, comment dire, en désaccord avec toi. Je ne suis pas une tricheuse. Je déteste ça. Tu le sais combien je déteste la triche. Et pas seulement au scrabble. Mais enfin là il faut bien l'admettre, ce n'est quand même pas de chance, j'aurais un mot, mais voilà, il me manque le H, alors comme il vaut quatre points, que le V vaut quatre points aussi, c'est quasiment la même chose. Ce n'est pas comme si je m'arrangeais. Le V contre le H, c'est pareil. Quatre points contre quatre points, je ne serais pas avantagée pour ainsi dire. Mais, malgré que ce soit la même chose, je veux m'assurer que tu es d'accord avec moi. Que tu ne te sentiras pas lésé. Surtout si je gagne. Je ne voudrais pas que tu penses que je gagne à cause de ça. Comme en plus en général je gagne... Je ne dis pas ça pour te faire de la peine, je te dis ça en toute gentillesse, juste parce que c'est la vérité. En général, contre toi, je gagne. Presque toujours. Ça ne te fait pas trop de peine?

André n'a pas de peine. André est gentil. Et un peu agacé par le « malgré que ». Mais depuis tant d'années que Michèle dit « malgré que », la reprendre aujourd'hui serait un affront, une vexation suprême. Jamais il ne la reprendra. Jamais.
Michèle jette un coup d'œil dans la rue. Je la comprends tu sais. Je te l'ai dit que je la comprenais? Elle a vraiment tout jeté. Même le miroir de l'entrée. Tu te souviens du miroir? Mais si, le grand, doré, à l'or fin! Au-dessus du radiateur. Il est très beau d'ailleurs. C'est incroyable cette histoire. Mais enfin c'est malsain de faire ça le soir. Mais pourquoi n'a-t-elle pas fait ça ce matin?
Peut-être parce que ce n'est pas le jour des encombrants. Elle aurait eu des soucis, c'est sûr! En plus elle déborde sur la

chaussée. Mais Michèle n'entend pas André.

Tiens, voilà un jeune! Je te l'avais dit qu'il y aurait des attroupements. Je l'avais dit mais tu ne m'as pas écoutée, comme d'habitude. On n'écoute jamais Michèle... Et pourtant j'avais raison.
Je n'aime pas ça. Et voilà: un jeune! C'est sûr, avec son téléphone portable il va donner des rendez-vous, et voilà, ils vont être combien... Je ne sais pas, moi... Je ne sais pas combien, mais plus qu'un seul, ça tu peux me croire.

Bon. C'est à toi. Tu as un mot? André a « litière ». Mais c'est un scrabble, trop de points d'un coup, elle ne pourra jamais le rattraper. André a chaud, il s'est laissé aller, il n'a pas cherché autre chose, et voilà, maintenant il ne voit plus que « litière », « litière » lui saute aux yeux, vite, trouver autre chose, ne jamais poser un scrabble c'est une règle sacrée, André ne trouve rien d'autre, et tout à coup il hurle: j'ai « relit »! Pourquoi tu t'excites comme ça, pas la peine de crier, « relit » c'est bien, mais enfin pas de quoi hurler. Ce n'est pas un scrabble non plus, enfin André, voyons.

André est tellement soulagé, pour un peu il éclaterait de rire. Mais non. Trop fatigué, il esquisse un sourire.
Ça te fait sourire, tu es content de ton mot mais figure-toi que tu ne pouvais pas me faire plus plaisir. Sans le vouloir, bien sûr, mais tu m'arranges bien. Parce que moi, avec ton T , eh bien je suis assez contente que tu poses un T, parce que... ça m'arrange.
Elle dit ça, une lettre entre les doigts virevoltant au-dessus du plateau.
Et sa main stoppe net.

André. Sa voix est grave soudain, son regard fixe. Mais elle ne parlera pas tant qu'André ne la regardera pas droit dans les yeux, montrant ainsi qu'il a pleinement conscience de l'importance de ce qu'elle va dire.

André.

Oui Michèle.

Michèle laisse quelques secondes de silence. Pour le suspense. Je viens de réaliser quelque chose. De terriblement ironique. L'anagramme de « hérédités »...
André cherche, mais non, il ne voit pas tout de suite, alors Michèle assène le coup de grâce, posant théâtralement sa lettre sur la table. C'est «déshérité».

CINQ

Lechacal84 à 11: 53
bonjour merçi de m'accepté sur le forum: j ai deux enfants de deux mariage que j'aime pas pareil. J aimerai savoir si je peux deseriter un de ses deux enfant merçi

Pétru à 14: 18
Bonjour, je voudrais savoir si j'ai le droit de déshériter un de mes enfants qui m'a demandé l'année dernière quand est ce que j'allais lui donner ma maison ? En plus il nous empêche de voir nos petits-enfants tout ça pour des questions d'argent. Notre autre fils lui est très gentil, on voudrait lui laisser la totalité. merci de me répondre

MariounZ à 9: 48
Rebonjour Vous pouvez très bien déshériter vos enfant en toute légalité, il faut passer par un notaire, et les enfants toucheront à votre décès, un truc appelé je crois «PORTION CONGRUE»

Rose à 17: 31
bonjour Mariounz, pouvez-vous me dire ce qu'est exactement PORTION CONGRUE? J'ai quatre fils mais un me pose sérieusement un problème Comment faire pour qu'à ma mort il n'ait rien?? MERCI

Aimée à 10: 24

Bonjour à tous, j'ai moi aussi deux filles, Claudine et Martine. C'est dur à accepter mais il y en a une qui ne mérite ABSOLUMENT PAS d'hériter de mon patrimoine.
J'aurais besoin de conseils car sur internet je lis tout et son contraire: certains témoignages affirment qu'on ne peut pas déshériter légalement un enfant, d'autres disent que si.
Si cela est possible, quelle est la démarche à suivre?
(sachant que je suis seule, tout mon patrimoine m'appartient en propre)
Cordialement
Aimée

SIX

Ouais c'est Ludo, ya un plan ici, ramène-toi… Ben une vieille qui met sa baraque sur le trottoir… Ouais toute une baraque, j'te jure! Ben… ya des trucs pourris, mais ya des trucs ça va. Un vélo… Non mais tu t'en fous, tu récupères les pièces… Non mais on s'en fout, des trucs qu'on revend, je sais pas, moi. Des trucs genre… des trucs de cuisine, des trucs de chambre. Une télé de vioque, un ordi de vioque, un déambulateur… Si, le truc pour bouger les vieux… Ouais comme une chaise roulante mais sans les roues… Eh mais t'es con, toi, le truc pour marcher, gros blaireau…
Faut que tu viennes avec la camionnette, on peut prendre tout ce qu'on veut c'est gratos. Ben on s'en branle puisque c'est gratuit…
On s'en fout, j'te dis, on revend, on se fait 1000 balles faciles et c'est bon!
Allez ramène-toi.

SEPT

Allô maman?
C'est moi. C'est Julie-Lys.
Non, pas très fort.
Oui, le bébé va bien.
Non, toujours pas de contractions. J'ai encore le temps, tu sais... mais promis, je t'appelle à la première contraction. Oui, je t'appelle tout de suite. Avant même de partir.
Oui, je mets bien ma crème anti-vergetures tous les soirs.
Oui, j'ai acheté une lessive bio.
Oui j'ai relavé toutes les affaires du bébé.
Ecoute, ce n'est pas comme si c'était ma première grossesse !
Tout est prêt, ce n'est pas le problème.
Le problème c'est moi... enfin non, c'est Claudine.

Tu te souviens de ma voisine Claudine? Celle qui habitait juste en face de la maison, avec sa mère. Sa mère, je ne l'ai jamais vue, elle ne sortait pas.
Si je t'en ai déjà parlé, elles sont mortes toutes les deux cet hiver, peu après mon emménagement. C'est passé aux informations. Tu ne te souviens pas de cet accident de car en Italie? Dans le quartier on a tous été sous le choc. Même si personne ne les fréquentait vraiment.

Et depuis leur décès, plus rien.

La maison était comme abandonnée. J'ai bien vu des agents immobiliers rôder devant, comme des vautours, déposer leurs coordonnées, faire les cent pas, essayer de contacter quelqu'un... mais rien, la maison restait désespérément vide.
Et ce matin, une femme arrive, et jette tout ce que contient la maison dehors, sur le trottoir, pour que tout le monde se serve. Mais alors tout! Comme si rien n'avait de valeur.

Tu comprends? Toutes leurs affaires! C'est comme si on les jetait dehors, comme si on les tuait une deuxième fois.
Et dans cette histoire, personne ne les pleure... je crois que c'est ça qui me fait le plus de peine. Que tout le monde se partage leurs affaires et que personne ne porte le deuil.

Non je ne pleure pas parce que je suis enceinte. Non je ne suis pas hypersensible. C'est le monde qui est immonde.
Il n'y a que moi qui me sens concernée alors que je ne les connais même pas... Pourquoi tu dis que je les connais? J'habite dans cette rue depuis si peu de temps... Mais pourquoi tu pinailles? Tu ne vois pas que j'ai envie de pleurer toutes les larmes de mon corps?
J'aimerais pleurer les larmes des corps des autres aussi. Je voudrais tant que quelqu'un fasse semblant d'être triste.
Je vois tout depuis ma chambre. Et cette femme-là, que je n'ai jamais vue dans le quartier... et qui continue de balancer, de balancer, de balancer.

Je vois même Michèle, derrière son rideau. Elle croit qu'elle est discrète. Si je t'en ai déjà parlé, c'est la voisine d'en face,

au 28, celle qui passe son temps à fliquer la rue. Elle passe ses journées derrière son rideau à regarder ce qui se passe. Ou plutôt ce qui ne se passe pas. Elle doit être aux anges ce soir: un peu d'animation dans sa vie cloîtrée.
Comme elle est du même côté que la maison de Claudine, elle ne voit pas bien, elle est obligée de se tordre le cou. Ce serait comique si ce n'était pas si triste.
Mais oui je la vois, puisque moi je suis au 25, en face! Tu ne comprends pas?
Quoi le contraire? Le contraire de quoi? Je ne comprends rien à ce que tu dis. Je suis fatiguée.

Je t'ai déjà raconté la fois où j'ai vu un homme se jeter sous le métro? Non, pas si horrible que ça. Ce qui m'a choquée c'est que tout le reste de ma journée a été normal. Tout. Comme si rien ne s'était passé.
J'aurais voulu que le monde s'arrête. Qu'on fasse une pause. Que personne ne meure sans qu'on s'arrête tous. Pas longtemps, juste un peu. Juste le temps qu'il faut.

Le monde est triste. Triste à crever. Mourir et voir sa vie étalée sur un trottoir. Avec personne pour te pleurer. Sauf la voisine d'en face, que tu ne connais même pas. Ou si peu.
Et encore, elle te pleure par devoir parce qu'elle voit bien que tout le monde s'en fout. Je suis fatiguée.

On dirait que la maison a gerbé. C'est ça: la maison a dégueulé tout ce qu'elle contenait. Je n'aimerais pas que mes affaires finissent comme du vomi.

Pourquoi jeter tout par terre, comme ça, et éparpiller toute une vie sur le trottoir si ce n'est pour nier son existence? Maintenant, elles n'existent définitivement plus. Plus de trace. Plus rien.

Maman?
Allô?
T'es là?

HUIT

André, je pense à quelque chose. Tu sais, notre pauvre voisine Aimée et sa fille Claudine m'aimaient bien.
Il faut dire que j'ai toujours été très... correcte avec elles. Je pense qu'elles m'auraient volontiers fait un cadeau d'anniversaire. Oui, si elles avaient su ma date d'anniversaire. Ça va de soi.

Donc, je me disais, ce grand miroir doré. Attends ne dis rien, non attends, ça n'a rien à voir. Je ne suis pas comme ces gens-là, ces jeunes qui viennent récupérer comme des malpropres. Eux, ils ne récupèrent que pour récupérer si je puis dire. Alors que moi c'est différent. Ce miroir, je suis sûre qu'elles me l'auraient offert de bon cœur, si elles avaient eu le temps. Oui, elles auraient eu le temps depuis le temps qu'on est là. Disons si elles avaient su ma date d'anniversaire par exemple.

Écoute j'aimerais que tu y ailles maintenant, des fois que quelqu'un le prenne. Ce serait dommage, d'autant que Claudine et sa maman auraient été déçues de ne pas pouvoir me l'offrir à cause de ces jeunes. Je sais qu'il fait nuit André, je ne suis pas aveugle, voyons. Mais c'est un devoir que de faire les dernières volontés de défuntes.
Mais non voyons, je ne peux pas y aller moi-même. D'abord

j'aurais l'impression d'aller me servir. Et puis... un cadeau ça s'offre, ça ne se prend pas.

Ce n'est pas qu'André ait envie de la contredire. C'est juste que là, tout de suite, il est en pyjama et il aimerait mieux regarder la TV, oui madame la TV, je ne vois pas ce qu'il y a de risible, je ne vois pas ce que ça aurait de ridicule de dire TV, ce sont les initiales de Téléviseur. Tout le monde comprend bien ce qu'est une TV, il n'y a rien de ridicule, puisque l'essentiel est de se faire comprendre. Ce qui se conçoit bien s'énonce clairement et les mots pour le dire vous viennent aisément. Parfaitement madame. Toujours est-il qu'il est en pyjama et qu'il n'avait pas prévu, dans l'instant, d'aller sous la pluie chercher un cadeau pour Michèle, dont l'anniversaire est en juin.

NEUF

Xavbond07 à 12: 32
Je suis choquée par ce que je lis. Certains parents s'étonnent que leurs enfants aient coupé les ponts avec eux. Alors on emploie des méthodes radicales contre ceux qui ne sont pas conformes à une image et on déshérite! Le droit des successions serait-il le droit de la haine?
Il n'y a pas de condition suspensive à l'amour: quand on est aimant on l'est jusqu'au bout. Les enfants n'ont rien demandé, même pas à naître, et on applique la loi du talion? Honte à eux!

Rose à 23: 20
Mais enfin! Les gens ont quand même le droit de faire ce qu'ils veulent de leurs biens, même modestes!
Stop à l'utopie!!! Pour moi il y a vraiment des enfants qui ne méritent rien, et je ne comprends pas qu'on porte aux nues les liens du sang. Ils n'ont pas plus de valeur qu'un lien d'amour!
Si n'êtes pas d'accord, personne ne vous oblige à venir sur ce forum, vous êtes libre de partir. Au revoir!

Pétru à 18: 17
Je suis entièrement d'accord avec Rose, on ne devrait pas être obligé de donner à ses enfants. Surtout ceux qui ne sont pas reconnaissants,

ou encore ceux qui n'attendent que l'héritage! Les lois sont à revoir: on devrait pouvoir donner à qui bon nous semble...

Aparthom à 10: 52

Et bien moi je suis d'accord avec Xavbondo7 ! Qu'importe vos conflits avec vos enfants, cela ne mérite jamais de déshériter!!!!! Ce n'est pas parce que nous sommes plus âgés que nous avons toujours raison... Je suis papa et papy de 62 ans et jamais je ne déshériterais mon fils, même si nous avons des idées différentes. Bon sang la vie est trop courte: profitez de vos enfants!

Agapimouo907 à 16: 46

Lamentable et à gerber! Vous êtes petits, minables, de vouloir déshériter vos enfants! Vous vous croyez aux États-Unis peut-être? Mais est-ce vraiment vos enfants, votre chair, vos gênes? Peut-être en doutez-vous? L'individualisme, le détachement des enfants envers leurs parents ou grands-parents n'est peut-être pas si étonnant! Quand on fait des enfants c'est pour la vie. On assume, on pardonne et on transmet.

Clarabelle71 à 23: 31

Quand un enfant coupe les ponts avec ses parents, c'est qu'il souffre, c'est qu'il y a un contentieux affectif atrocement douloureux derrière cette rupture, votre enfant vous fuit pour se protéger de cette souffrance. Au lieu de vous gargariser de votre bonne conscience en béton, demandez-vous ce que vous lui avez fait, ou plutôt, pas fait, ou pas assez. Ça me révolte de constater une fois de plus que la génération des 30 glorieuses n'en a jamais assez et persiste à croire avec un égoïsme tranquille que 4 années de guerre lui a donné à vie le droit de se plaindre et de considérer que tout lui était dû.

DIX

Une flûte en plastique alto, avec une marque indélébile de rouge à lèvres autour du bec. Un pupitre en inox réglable en hauteur, robuste, pliable et peu encombrant. 287 partitions pour flûte à bec solo, ainsi que des duos pour flûtes à bec.
Un sucrier rectangulaire en métal rempli de clefs de tailles variées, de deux cadenas, et de quelques piles usagées et non usagées.

Une trentaine de bouteilles en plastique sans étiquette, propres et attachées par une ficelle. Un sac poubelle contenant 30 bouchons en plastique soigneusement fixé à l'ensemble.
Une boule à neige de Quimper, un coucou suisse.
Un radio-réveil noir en état de marche, sauf la partie radio car l'antenne est cassée. Un soutien-gorge couleur chair de taille 85 B.

L'intégrale des *Modes et Travaux* de novembre 1974 à juillet 1979 en bon état. Un petit pot de confiture contenant 32 billes. Un aspirateur-traîneau de marque Moulinex. Cinq paires de lunettes en métal et plastique marron. Une poupée ancienne en bon état. Un solitaire en bois.

Un guide touristique sur la Sardaigne, un disque de Frank Sinatra.
Une tasse de Brive-la-Gaillarde, un éplucheur d'ananas, une collection de napperons faits main, des torchons assortis, un gilet en laine.
Un guide touristique sur la Sicile, un disque de Enrico Macias.
Une affiche rare et ancienne du cirque Gruss de 37 sur 48 cm, où l'on peut voir un cheval blanc sauter dans la lettre Q. Une écuyère et un clown blanc tiennent un tissu bleu sur fond jaune.

ONZE

Calme-toi mon bébé, tu bouges dans tous les sens. Patience... ce n'est pas encore le moment de naître! C'est ma faute, j'ai trop pleuré... je te demande pardon. Regarde, maman va mieux. Je vais mieux. Je vais te faire un monde beau, mon amour. Pour toi et tes frères et sœurs. Je vais me battre pour vous.
Tu sais quoi? Plutôt que de s'apitoyer sur leur sort, on va les honorer ces voisines. On ne va pas laisser faire ça. On ne va pas assister à la négation de leurs vies sans rien faire. On va se battre pour elles, on va faire en sorte qu'elles ne disparaissent pas. On ne va pas laisser dilapider ce qu'il reste de leurs existences.
Je vais aller sauver un objet, au moins un objet qui ne partira pas dans les tréfonds de l'oubli.
N'importe quoi qui nous fera toujours penser à elles. De façon discrète, mais tenace. Nous serons un peu... les gardiens de leurs âmes.

DOUZE

Eh Ludo, t'as vu le miroir? Il est chan-mé! On dirait le truc du pays des merveilles, j'te jure! Et celui-là mon pote, grave trop on va se faire des couilles en or, ta mère, il est en argent ou j'sais pas, regarde il est putain de lourd. Eh madame, madame, il est en quoi ce truc? Ben ce truc, là, le miroir?
Ah ouais tout doré, putain j'en étais sûr sa race, ça vaut une blinde ce truc. Tu t'rends pas compte, mais putain tout le reste c'est de la merde, j'ai l'œil mon pote!
Vas-y celui-là on l'embarque direct! Trop de thunes je te dis.
Ah putain il est vachement lourd, et fais gaffe, fais gaffe mec, faut pas le faire tomber, sinon c'est mort! C'est trop fragile ces trucs.
Eh t'es une tafiolle ou quoi, t'arrives pas à le porter? Ouais vas-y pose le de côté, t'es pire qu'une meuf, toi. Trop grave.

TREIZE

Lechacal84 à 17 : 23
Oui, mais... ont-ils étés de bons enfans? vous n'ête pas à la place de cet personne. Cordlt

Pétru à 15: 40
En ce qui me concerne j'ai deux enfants. À partir du jour où mon fils s'est marié, sa femme m'a mis à l'écart. J'ai fait des tentatives de réconciliation sans résultat, il n'y a rien à faire, mon fils est endoctriné par son épouse.
Rendez-vous compte: je ne connais pas sa fille, ma propre petite-fille!
Aussi s'il y des personnes qui jugent sans être au cœur de la situation, elles devraient réfléchir, croyez-moi il est très dur d'être rejeté par son enfant lorsque l'on a rien à se reprocher. Arrêtez de juger sans savoir, notre peine est déjà lourde à porter...

Djodj à 12: 59
Les personnes qui ne vivent pas la situation de n'être qu'une banque pour ses enfants ne doivent pas, je dis même n'ont pas le droit, de se permettre de juger.
Je connais cette situation: sur trois enfants, deux sont ainsi. Entendre dire à mon époux (après un remariage donc): «Tu dois mourir

avant elle pour qu'elle hérite et après ta mort nous serons les bénéficiaires...»
Je peux vous dire que ça ne se passera pas comme ils l'ont prévu! Ils n'auront rien, et nous ne nous sentons pas coupables.
Nous avons pris les devants et nous avons construit autour de nous un mur: chaque pierre avec des larmes de sang.
Mesdames et Messieurs, ne vous permettez pas de juger sans avoir été touché par ces drames et surtout sans preuve.

Monsieur Trois à 18: 28
Bonjour
les raisons pour lesquelles Pétru veut déshériter ses enfants ne regardent que lui. S'il est propriétaire de son bien, il a le droit, et heureusement, d'en faire ce qu'il en veut, de croquer ses sous comme il l'entend.

Miss'elle à 14: 14
J'ai bien peur d'être un des enfants de Pétru. J'aurais aussi une question: comment placer sous tutelle un parent qui n'a jamais rien fait pour l'éducation de ses enfants qui dépense tout son argent de façon honteuse?

Rose à 18: 38
Parce que vous croyez que c'est mieux les jeunes, pourtant éduqués dans le respect des valeurs et qui vous crachent à la figure? Ceux qui négligent leurs parents ou qui leur en veulent sous des prétextes futiles? Et qui sont les premiers à fondre sur nos cadavres tels des vautours pour réclamer nos restes?
Pour illustrer un peu mes propos: j'étais au chevet de la mère d'un ancien camarade de classe. Son fils ne venait jamais voir sa mère à l'hôpital. Un jour il téléphone pour parler à son frère. Je lui dis que

sa mère vient de tomber dans un coma profond. Il m'a demandé: est-ce bien la peine que je fasse 10 kilomètres pour venir la voir si elle n'est plus consciente? Par contre chez le notaire il était là le premier!

QUATORZE

Mais enfin Michèle je ne peux pas lui dire que je viens chercher un cadeau d'anniversaire!
Et pourquoi pas?
Mais parce que ce n'est pas ton anniversaire! Quand bien même Claudine et sa maman auraient voulu te l'offrir, il aurait fallu qu'elles le disent à un notaire, ou qu'elles écrivent une lettre, je ne sais pas moi, quelque chose qui le prouve!
Parce que tu crois qu'elles auraient préféré le donner à des jeunes sans foi ni loi? Écoute André, écoute-moi bien. Tu descends. Tu vas voir Martine. Oui, elle s'appelle Martine, je ne vois pas comment tu as pu l'oublier. Je sais qu'on ne l'a pas vue depuis longtemps, mais enfin, elle porte le même nom que la sœur de ta grand-mère. Ça ne s'oublie pas! Écoute, ne joue pas à ça avec moi ce soir, peu importe. Ce qui importe, c'est que tu ailles récupérer ce miroir. Tu vas voir Martine, tu lui dis bien que Claudine et sa maman m'appréciaient, et qu'il serait fort à propos que ce miroir reste ici, chez nous.

Non, ne lui dis pas ça: elles se détestaient. Si tu lui dis que sa sœur et sa mère m'appréciaient, elle risque de se braquer. Je vois tout à fait à qui on a affaire: je te rappelle qu'à 10 ans, elle disait des gros mots, cette gosse. C'est le genre de personne avec qui il ne faut pas se justifier. Mais on va la jouer plus fine qu'elle. Dis-lui juste que ce miroir me revient de droit. Ne dis rien de plus, tout ce que tu vas dire pourra être retenu contre toi. Donc tu y vas, tu ne dis rien, ou simplement «Bonjour Martine, je viens chercher le miroir». Bien sûr il faut que tu sois convaincant. Le genre d'homme à qui on ne refuse rien, sûr de lui.

Tu n'es pas très épais. C'est un problème. Non, ce n'est pas un problème en soi, mais dans notre situation, j'aurais préféré que tu sois un peu plus... viril.
Tu dois te changer. Tu vas mettre deux pulls, un léger et un gros pour donner un peu de... relief. Écoute André, ne sois pas pénible, tu ne vas pas y aller en pyjama tout de même.

Si tu crois que cette situation m'amuse... moi qui voulais faire du point de croix. Oui monsieur, exactement, justement ce soir, j'avais prévu de m'y remettre figure-toi. Mais voilà, avec tes histoires me voilà en train d'essayer de te déguiser en homme. Pff... tout ça pour un miroir dont je ne sais pas ce que je vais faire... bien sûr qu'il me plaît, ce n'est pas la question, mais il est... trop. Trop grand, trop grandiloquent, trop clinquant. Mais enfin... puisque Claudine, sa maman et toi-même en avez décidé ainsi, allons-y.

QUINZE

Allô maman? C'est encore moi, c'est Julie-Lys!
Écoute, c'est incroyable! Écoute bien ce que j'ai trouvé sur Wikipedia:
«Le psychanalyste Jacques Lacan définit le stade du miroir, qui est le moment où l'enfant prend conscience que c'est lui-même qu'il voit dans un miroir. Cette connaissance de soi...» blablabla, je te passe la suite.
Attends, ce n'est pas fini... voilà: «Elle participe de la mise en place du corps comme unifié et de la structuration du moi. Le stade du miroir est aussi corollaire de l'apparition de la négation chez l'être humain». La négation! Voilà, c'est exactement comme pour Claudine et sa mère! Et attends ce n'est pas fini: «En psychologie, la négation et la dénégation est l'action d'ignorer ou de faire semblant d'ignorer un objet».

Tu ne comprends pas? J'avais décidé de sauver un objet pour continuer à honorer Claudine et sa mère. Je ne savais pas trop quoi prendre, et voilà que je tombe sur cet article! Complètement par hasard: mais c'est un signe! Elles me parlent à travers cette lecture! Elles veulent que j'aille chercher un miroir pour éviter la négation de leurs êtres!

En plus, un miroir c'est formidable un miroir: c'est le seul objet qui les connait aussi bien. Il connait leur intimité, il a tout vu, il a partagé le quotidien de cette maison. Il a tout reflété... elles se sont regardées dedans tous les jours...
Mais surtout: je suis en symbiose avec elles, elles m'ont choisie comme gardienne de leurs âmes!
NON JE N'AI PAS BESOIN DE ME CALMER, J'AI BESOIN DE CE MIROIR!

SEIZE

«Putain Ludo tu bouges? On va pas crécher ici, on le charge ce miroir ou quoi? Ouais madame, vous avez pas une couverture ou genre, qu'on l'emballe? C'est mon pote, il est monté comme une fiotte, il arrive pas à le porter, faut que je bascule le truc. Avec une couverture je pourrais tirer comme ça...

— Excusez-moi, je suis désolée de vous déranger, mais il y a comme un malentendu... Vous ne pouvez pas prendre ce miroir...

— Hey! C'est quoi cette meuf qui débarque ! Madame, oh madame, c'est quoi ce bordel, on peut pas le prendre le miroir? Je croyais qu'on était d'accord, c'est pas réglo ça de nous dire ça maintenant alors qu'on se casse le dos depuis une heure.

— Madame n'a rien à voir là-dedans, c'est juste que je viens chercher le miroir... voilà, il me fallait un peu de temps pour faire le tour de la question et voilà, je suis bien décidée: il faut que je prenne un objet, quelque chose qui a appartenu à Claudine et sa charmante maman.

— Attends vas-y, la meuf, nous aussi on le veut le miroir, fallait le dire avant, alors t'es gentille avec ton gros bidon, mais tu nous casses pas les couilles là, tu prends ce que tu veux, mais pas le miroir. Allez Ludo, on embarque. Hey madame, c'est qui cette Claudine? On veut pas d'embrouilles, nous hein!

— Il faudra me passer sur le corps, et sur le corps de mon bébé!

Dussé-je m'accrocher à cette camionnette... Han! Je ne vois pas ce qu'il y a de risible.

— Ah ben moi je vois! C'est juste que t'es trop lourde pour t'accrocher... allez t'es mignonne, la grosse. Pousse-toi et laisse-moi charger le miroir.

— Vous n'avez pas bien compris. Ce miroir a tout vu, tout reflété. L'intérieur de la maison, mais aussi le corps de Claudine, de sa mère, je dirais même jusqu'à leurs émotions. Je ne peux pas prendre autre chose. Ce miroir, c'est le miroir de leurs vies!

— Excusez-moi mademoiselle, excusez-moi jeunes gens, pardon de m'immiscer dans votre conversation et de mon indélicatesse, je crois que vous tentez d'emporter frauduleusement le miroir de ma femme.

— Hey mais c'est quoi ce bordel? Quoi le miroir de qui?

— Le miroir de ma femme, je viens le chercher, avec votre permission Martine.

— C'est quoi ces bouffons, là? Madame, on fait quoi, vas-y tu leur dis que c'est nous qu'on était là avant!

— Pardon Martine, je suis André, le mari de Michèle, votre voisine du 28... c'est bien normal si vous ne me reconnaissez pas... cela fait si longtemps qu'on ne vous a pas croisée dans le quartier...

— Euh... excusez-moi de gêner vos retrouvailles, mais je suis un peu fatiguée... ma sage-femme m'a demandé de ne pas rester en station debout trop longtemps... alors la station accrochée à une porte de camionnette, je ne sais pas si ça compte comme complètement debout. Vous en pensez quoi, vous? Vous pensez qu'accrochée à une porte de camionnette c'est ce qu'on appelle «station prolongée debout»? Ou c'est moins fatigant parce que je me tiens à quelque chose?

— Mais vas-y j'en sais rien moi! Mais c'est quoi le truc? Vous

vous foutez de ma gueule en fait? C'est pour ça que c'est gratos?

— Excusez-moi, je sais qu'on ne doit pas contrarier une femme enceinte, mais ce miroir appartient à ma femme. Je ne peux rien dire de plus. C'est comme ça: tac j'arrive, tac j'en impose avec ma carrure, tac je prends le miroir sans explication.

— Hey mais t'imposes quoi? Ta quoi? C'est quoi que tu peux pas expliquer?

— Je ne peux pas expliquer que... écoutez, c'est un peu compliqué. Il se trouve que c'est l'anniversaire de Michèle. Ma femme s'appelle Michèle. Enfin... en réalité elle s'appelle Micheline, mais elle n'a jamais aimé ce prénom, elle trouve que ça fait... locomotive. Donc elle préfère se faire appeler Michèle. Il n'y a que moi qui sois au courant. Très peu de gens savent qu'elle s'appelle Micheline en réalité. Mais gardez ça pour vous! Si jamais vous la croisez, surtout, surtout ne lui dites pas que je vous l'ai dit.

— Mais putain je m'en fous moi de ta femme! C'est qui ta femme ! C'est elle là, derrière le rideau? Hey vas-y, je sais qu'y a quelqu'un, le rideau bouge! Hey Micheline! MICHELINE! MICHELINE! TCHOU TCHOU!

— Mais vous êtes malade, arrêtez! Arrêtez voyons! Je vous en prie, vous voulez ma mort? Écoutez c'est l'anniversaire de Micheline... euh, de Michèle. Enfin, ce n'est pas tout à fait son anniversaire, mais c'est tout comme. Claudine et sa mère voulaient lui offrir ce miroir, donc je viens le chercher. Est-ce que ça vous ennuierait, jeune homme, de le déposer dans ma demeure plutôt que dans votre camionnette? C'est qu'il a l'air bien lourd...

— Ah ben oui ça m'ennuierait! T'es pas gonflé toi.

— Excusez-moi d'insister mais ce miroir me revient tout autant qu'à vous, puisque Claudine et sa mère ont aussi émis le désir que je le gardasse.

— C'est votre anniversaire?

— Non, pas du tout. Mais Claudine et sa mère voudraient par la présence de cet objet chez moi, éviter l'anéantissement complet de leurs êtres. Elles m'ont clairement élue gardienne de leurs âmes.

— Je suis bien embêté pour vous, mais voyez-vous, si je rentre chez moi sans ce miroir, sans le cadeau de Michèle, et bien, je serai bien embêté pour moi. À choisir je préfère être embêté pour vous. Sans être impoli.

— écoutez-moi bien André. Le stade du miroir est aussi corollaire de l'apparition de la négation chez l'être humain. La négation, c'est ce que Claudine et sa mère sont en train de vivre à travers cette deuxième mort qu'on leur fait subir actuellement. Toute la symbolique du miroir parle en ma faveur. Je ne rentrerai pas chez moi sans ce miroir ou je serais une criminelle.

— Mais putain qui c'est qui est mort? C'est quoi l'embrouille? J'veux pas de problème, moi! Merde, Ludo ça sent l'embrouille ton plan! Eh Ludo, tu fais quoi sur ta moto? Mais tu te casses? Eh tu te casses pas sans moi! Eh, Ludo, me laisse pas tout seul avec ces oufs! Putain le bâtard!

DIX-SEPT

Aimée à 21: 41

Bonjour, je trouve que ce forum prend des allures d'inquisition. Alors pour vous, qui ne savez pas ce qu'est de devoir supporter un enfant indigne, voici mon histoire. Nous verrons après si vous vous permettez toujours de juger.

Comme je l'ai déjà dit, j'ai deux filles: Martine et Claudine. Je les ai toutes les deux éduquées de la même manière. Elles ont toutes les deux eu droit au même amour maternel. C'était deux petites filles adorables et aimantes. Et pourtant... j'ai toujours su que j'allais avoir des soucis avec Martine. Ça sautait aux yeux. J'en ai pour preuve que même ma voisine Michèle me le disait, et dès le berceau: tu auras des soucis avec Martine, tu verras! Et effectivement je n'ai pas eu à attendre longtemps.

Déjà enfant, elle a commencé à dire des gros mots. Ce n'est pas si grave me direz-vous. Sauf que dans la bouche d'un enfant, et d'une fille qui plus est, ça montre bien la tournure que vont prendre les choses. Et comme me le disait ma voisine «Gros mot un jour, gros mot toujours».

Puis Martine est entrée dans la puberté. C'est là qu'elle a commencé à vouloir se différencier. Madame rêvait de liberté! (Alors que sa cadette restait gentille) Mais, à la force du poignet, j'ai su encore quelques années la maintenir et la préserver de ses rêves.

Devenue jeune adulte, je lui ai trouvé un emploi: elle était mon assistante coiffure (j'étais coiffeuse à domicile, ce qui me permettait de calquer mon emploi du temps sur celui de mes filles).
Alors que je lui offrais le gîte et le couvert ET un emploi à mes côtés, et qu'elle avait tout ce que l'on peut souhaiter (je les emmenais tous les étés en vacances en Normandie s'il vous plait), voilà que Madame s'entiche d'un jeune homme.
Et moi qui n'y avais vu que du feu! Je ne sais pas comment elle a pu le rencontrer, ce n'est pas faute de l'avoir surveillée, je vous assure que je ne peux rien me reprocher de ce côté-là.
J'eus beau la supplier, la menacer, lui faire du chantage: je n'ai pas eu raison d'elle. Rien à faire, têtue comme une bourrique, elle voulait m'abandonner au profit d'un inconnu. Elle parlait mariage et compagnie, tout le tralala...
Et je peux vous dire qu'elle en a été seule responsable. Le jeune homme en question était absolument ravissant, courtois, poli.
Mais ELLE! Elle...
Je n'ai pas pu la retenir. Elle est partie. Quelques mois ont passé...
Ah ça! J'espère qu'elle en a bien profité!
De mon côté je n'ai pas lâché l'affaire. Que n'ai-je fait pour elle: coups de fils anonymes, fausses tentatives de suicide, et j'en passe. Que voulez-vous... l'amour d'une mère...
Alors oui, ce qui devait arriver arriva, un an plus tard à peine: il l'a quittée.
Et ce n'est pas faute de l'avoir prévenue, ah ça non! «Il partira! Il te laissera, comme ton père m'a laissée! Tu seras seule avec charge d'enfants, et ce qu'on te présente comme une grande joie ne sera plus qu'un fardeau, et tu verras alors si la vie est si simple! Oui, tu comprendras enfin ta vieille mère...»
Alors, me direz-vous?
Et bien, vous me croirez si vous le voulez, mais elle n'a pas eu honte!

Elle a tenté de revenir... Ah oui, j'ai ri. J'ai ri de bon cœur! Mais ma grande, tu crois vraiment qu'on abandonne les gens comme ça? Qu'on peut les traîner dans la boue, aux yeux de tous (tous mes voisins savaient qu'elle était partie) et revenir la bouche en cœur? Eh bien tu apprendras à tes dépens que ta mère n'est pas du genre à tendre l'autre joue. Bon vent et bonne vie à toi!
(je vous fais un résumé, c'était en réalité un peu plus long bien sûr)
Je l'ai mise dehors. Comme elle le méritait.
Eh bien vous me croirez si vous le voulez: elle n'est jamais revenue. Jamais. Ni un petit mot ni une pensée de temps en temps pour prendre de nos nouvelles. À l'âge que j'ai, et avec le mal que je me suis toujours donné pour elle, il me semble qu'un minimum d'attention aurait été le minimum. Ça s'appelle le devoir filial.
Voilà pourquoi je dois aujourd'hui déshériter ma fille. Alors vous qui ne connaissez pas ce genre de problème, merci de ne pas nous juger trop hâtivement, c'est déjà assez dur comme ça.
Cordialement.
Aimée

DIX-HUIT

Un parapluie canne bénéficiant d'une large envergure et doté d'une poignée en gomme ainsi que d'une ouverture automatique, 100 % polyester.

Des chaussons souples pour femme en matière douce et confortable. Grâce à leur semelle en tissu, ils sont très souples, et faciles à enfiler. Ils sont également antiglisse grâce aux picots antidérapants présents sous la semelle.

Un porte-monnaie en cuir de vachette style bourse, au toucher souple et naturel, doublure en coton unie. Son fermoir couleur or lui donne une élégance supplémentaire.
Des boites de conserve vides et propres, d'origines multiples: thon à la catalane, haricots verts, haricots beurre et sardines.

Suspension fleurie en verre. Ornée d'une mer de fleurs dans un style rustique, ce diffuseur en verre style Tiffany se compose de 286 pièces assemblées à la main. Elle dispense une lumière douce dans l'ensemble de la pièce tout en assurant un éclairage lumineux au-dessus de la table.
Un sac plastique rempli de galets de formes et tailles diverses en provenance de Normandie.

Une brosse à cheveux plate en poils de soie, idéale pour les cheveux fins, car les brosses en poils naturels ne fragilisent pas les cheveux. Entremêlés, des cheveux de deux couleurs s'entrelacent et s'entortillent ensemble dans les poils. Dans une entente parfaite, le gris et le blanc s'épousent harmonieusement.

Une poussette de marché à 6 roues et siège intégré. Une maniabilité maximale pour monter un trottoir. Le siège est repliable et se déplie simplement. La structure ainsi que les arceaux de stabilité sont en acier afin d'assurer une meilleure solidité et une meilleure résistance.

Un carton contenant une lampe de poche à LED en aluminium, une boite d'allumettes, une bouteille de white spirit entamée, du papier à en-tête, une centaine de cartes de visite, un mini-sapin artificiel pliable enveloppé dans du papier bulle.

Un superbe miroir aux dimensions imposantes (H 230, L 141): miroir à parecloses d'époque Napoléon III, en bois et stuc doré à la feuille. Un miroir central biseauté et 8 miroirs inclinés sur les côtés. Une niche fronton avec palmette, carquois et flambeau complètent l'ensemble. Modèle grandiose avec dorure à la feuille en très bon état. Le miroir central est très fortement oxydé, ce qui lui donne un charme particulier. À signaler: la glace est passée par endroits, petite cassure et manque dans le décor du haut, une barre arrière de fixation a été changée, quelques petits accidents et manques sur le bord du cadre.

DIX-NEUF

Du plus loin qu'elle se rappelle, Martine a toujours vu sa mère avec une sorte de peau qui pendait entre son menton et la base de son cou.
Son cou avait totalement disparu au profit de cette grosse peau qui ballottait en fonction de ses humeurs et de ses mouvements de tête, et qui faisait naître chez Martine un sentiment étrange d'amusement et de terreur.

Quand sa mère était calme et concentrée sur une affaire quelconque, la peau ne bougeait pas. Absolument immobile, la peau restait au garde-à-vous, comme un chien obéissant qui attend les instructions de son maître.
Pour une humeur plus badine, elle balançait mollement sans trop bien savoir se positionner. Martine pensait du haut de son enfance que la joie n'était sans doute pas l'émotion la plus facile à satisfaire pour une grosse peau.

Mais dans des registres plus proches de la colère, c'est là que son existence prenait tout son sens. Elle devenait incontrôlable, la peau se balançait d'un côté à l'autre, au rythme des hochements de tête.
Nerveuse, elle devenait plus terrifiante qu'un regard perçant.

Pourtant c'est bien dans les recoins de ce goitre que Martine aimait enfoncer son nez enfantin pour y chercher l'odeur de sa mère.

VINGT

«Voulez-vous vous battre, Monsieur?

— Hein?

— Vous avez tout à fait compris: je vous propose un duel.

Le pote de Ludo n'avait pas l'habitude qu'on lui propose une rixe d'une façon aussi élégante. D'habitude c'est plutôt un poing dans la gueule qui signalait le début des hostilités. Hébété par tant de courtoisie, c'est d'un œil hagard qu'il voit André, galvanisé par sa propre carrure étoffée par la superposition de pulls, s'avancer.

— Putain où est-ce qu'on est tombés... c'est bon le vieux, prends ce que tu veux, j'men fous, vous êtes tous flippants, je comprends rien à ce que vous dites.

— Vous êtes un couard. Je m'en doutais.

— Connard toi-même!

— Pff, il sait même pas ce que c'est un couard!

— Vas-y je sais ce que c'est, bouffonne. Tu sais ce que c'est toi, peut-être?

— Bien sûr.

— Ben alors vas-y, dis!

— Certainement pas, vous allez faire croire que vous le saviez.

— Et toi le vieux, tu sais?

— Bien entendu puisque c'est moi qui ai employé le mot! Par

contre, vous, j'ai tout comme l'impression que...

— Mais putain qu'est-ce que vous avez tous! Je suis pas en cours de français bordel! Moi je veux me barrer toutes façons, c'est trop chelou ici.

— Eh bien partez. Personne ne vous retient.

— Si, c'est le miroir qui me retient parce que c'est moi qui l'ai vu le premier et c'est moi qui ai vu qu'il valait une blinde.

— Vous l'avez peut-être vu, mais il ne vous appartient pas pour autant.

— Tout à fait d'accord avec mademoiselle.

— De nous trois vous n'êtes certainement pas le plus à même de l'emporter.

— Ben je suis pas d'accord, je vois pas pourquoi. Hein, madame?

— Madame ne répondra pas. Vous voyez bien qu'elle n'en a cure!

— Tout à fait. Elle s'en contrefiche.

— Savez-vous que la contrefiche est une pièce de bois que l'on trouve dans la construction d'une charpente?

— Tiens donc, je l'ignorais.

— Bon, c'est bon, arrêtez de parler bizarre tous les deux. Alors, on fait quoi?

— Je propose une courte paille.

— Je suis d'accord.

— Putain c'est pas vrai on est en maternelle... Bon ok, mais c'est moi qui fais la ploum.

— Hors de question, vous allez tricher. Je connais bien la stratégie: vous connaissez une comptine par cœur qui va vous avantager.

— Mais non, putain.

— Très bien, vous faites la comptine, mais c'est moi qui dis par qui vous commencez.

— Ok ça marche.

— Alors... laissez-moi réfléchir... Vous allez commencer par vous... Euh non, par moi!

— Ok. Par vous alors?

— Tout à fait. Vous êtes d'accord, mademoiselle?

— Oui, c'est très bien.

— J'y vais alors. Ploum Ploum. U-ne pou-le sur un mur, qui se tourne et qu'on en-cule...

— Oh! Mais enfin Monsieur! Ce n'est pas la chanson!

— Ne réagissez pas André, feignez l'indifférence: il veut nous provoquer. Ne dites rien. Sur une si jolie chanson, c'est ignoble. Ignoble.

— Ah ah ah, faut voir les gueules que vous faites! Et Micheline! MICHELINE! ANDRÉ, IL AIME PAS «ENCULER LA POULE»!!

— Michèle avait raison, je ne sais pas comment va finir cette histoire... Mais quel malotru!

— Mal au trou! MAL AU TROU!

— Non, malotru! Ne me faites pas dire n'importe quoi. Écoutez madame, faites quelque chose. Faites-le partir, je vous en prie. C'est quand même à cause de vous qu'on a ce personnage dans notre rue, habituellement si calme et si prospère.»

VINGT ET UN

Pétru à 11: 55
Voici la solution que j'ai trouvée pour déshériter mon fils: j'ai revendu ma maison, je me suis mis en location et je croque le capital comme j'en ai envie... j'emmène en voyage l'enfant et les petits-enfants que je veux privilégier! À ma mort, l'un aura 2/3 et l'autre 1/3 (sa part réservataire); mais 1/3 de zéro ou si peu!
J'ai tout vendu, tout dépensé: mes meubles, mes placements. Résultats: plus de meubles, plus de placements! Mon patrimoine sera mes chaussons et une vieille brosse à dents...

Djodj à 19: 49
Déshériter un enfant signifie empêcher que celui-ci hérite de son patrimoine. Or, c'est impossible. Le patrimoine qui restera à son décès sera dévolu aux descendants, du moins leur réserve. Ce patrimoine sera constitué éventuellement du solde du prix de vente non dépensé à son décès, de tous ses biens meubles, de ses éventuels placements, de tous les autres actifs, et des dettes diverses et variées. Dire à cette personne qu'elle peut vendre son bien, qu'elle peut dépenser son argent comme bon lui semble, est exact. Dire à cette personne qu'elle peut déshériter un enfant, c'est faux. Dire à cette personne que vendre son bien permettra de déshériter un enfant, c'est faux. Cordialement

Rose à 18: 58

Après m'être bien renseignée, je suis d'accord avec Djodj, il n'est pas possible de déshériter ses enfants et/ou descendants. Une part leur revient nécessairement, il s'agit de la réserve héréditaire. Et la vente d'un bien, qu'elle soit simple ou en viager, n'a jamais permis de déshériter un enfant. Vous êtes libres par la suite de dépenser votre argent comme vous le voulez, là il n'y a aucun souci. En fonction des dépenses effectuées, cela aura éventuellement pour effet de diminuer votre patrimoine. Mais cela ne veut pas dire que vous déshéritez vos enfants. Il restera toujours un patrimoine à votre décès. La nuance est légère, mais il faut la connaitre. Cordialement

Lasticot à 19: 25

Bonsoir,

Il me semble qu'une petite erreur s'est glissée dans la réponse de la rédaction. Sauf si je me trompe, si l'on a:

- *1 enfant, on peut disposer de la moitié,*
- *2 enfants, on peut disposer de 1/3,*
- *3 enfants, on peut disposer de 1/4,*
- *4 enfants, on peut disposer de 1/5, etc.*

Salsepareille à 18: 05

Vous avez le droit de vendre tous vos biens de votre vivant, en viager ou non, et de dépenser tout votre argent en ne gardant que la somme pour subvenir à vos besoins tous les mois, ça n'est pas du tout interdit contrairement à ce que certains prétendent ici. Ce bien est-il votre bien propre, il n'y a pas de trucs d'indivisions?

Pour ce qui est des questions philosophiques débattues plus avant, le but de l'existence humaine ne me semble pas être la transmission de patrimoine.

Aimée, 18 avril à 10: 56

Bonjour à tous, je commence à y voir clair. En fait je dois dépenser tout mon argent pour qu'il en reste le moins possible pour Martine? Ce qui est dommage, c'est que Claudine n'aura plus rien non plus... Je n'avais pas envisagé de vendre ma maison. Que n'aurais-je fait par amour, décidément!

Nous avons commencé à dilapider: c'est formidable de dépenser en se disant que c'est toujours ça de moins qu'aura l'autre!

Nous partons la semaine prochaine visiter l'Italie toutes les deux: Sardaigne, Sicile, on ne se refuse rien! Pour la suite je m'interroge... pour la vente de ma maison. Faut-il la vendre en viager? Quels seront les impacts financiers? Si vous avez franchi le pas, merci d'avance pour vos conseils...

VINGT-DEUX

La dernière fois que Martine avait mis les pieds ici, elle était restée sur le palier. Sa mère ne l'avait pas laissée rentrer.
Sa mère. Son épine. Sa douleur.

«Maman, laisse-moi rentrer.

— Alors, tu t'es bien amusée? Ça valait le coup de nous abandonner?

— Maman laisse-moi rentrer.

— Alors, on fait son petit chien esseulé? Ça fait mal, hein?

— Maman laisse-moi rentrer.

— Mais pour quoi faire? Cette maison est trop petite pour toi... c'est le MONDE, qu'il te faut! Vas-y donc, pars à l'aventure, puisque ta mère ne te suffit plus.

Martine, qui savait que sa mère ne lui ferait pas le cadeau d'un amour inconditionnel, gardait l'espoir d'une tendresse devant son repentir.

— Maman je te demande pardon, je me suis trompée, ma place est ici, avec toi.

— Et Claudine.

— Ma place est ici, avec toi et Claudine.

— Non: et Claudine? Tu penses au mal que tu lui fais? Elle

s'est retrouvée toute seule pour les couleurs! Tu sais bien que je fais les coupes mais pas les couleurs! J'ai horreur de ça. Et toi, tu pars, tu me laisses avec mes clientes et leurs couleurs! Tu imagines un peu? De quoi j'avais l'air, moi, madame? Quand chacune me demandait de tes nouvelles! Oh rien, elle est partie, elle est heureuse... Oui oui, sans moi... alors voilà, madame prend son envol, tout va très bien pour elle... ne vous inquiétez pas... pour votre couleur? Pas de soucis, ma fille Claudine va prendre le relais... puisqu'elle n'est pas partie, elle!»

Martine recevait ces reproches les yeux rivés sur la peau du cou de sa mère, thermomètre de ses accès de colère. Elle s'attendait à la trouver agitée, furieuse, ballottant de-ci de-là, tremblante de nervosité.
Mais il n'en était rien. La peau était immobile, silencieuse, sentencieuse. Martine était devenue objet de détestation et de mépris. Elle savait ce rejet sans appel: le goitre avait parlé.

VINGT-TROIS

«Soyons pragmatiques et conciliabulons.

— Je connais! «Conciliabule», je connais! C'est comme dans la chanson! Trois lapins, dans le crépuscule, tenaient un long conciliabule...

— Je propose que chacun de nous fasse un pas en avant, et que nous compromissions.

— Ah ça par contre, je connais pas.

— Vous, par exemple: pourquoi tenez-vous tant à ce miroir?

— Ben... pour le fric.

— Très bien, je vous remercie de votre honnêteté.

— Donc il suffirait qu'on vous achète une partie du miroir? Cela vous conviendrait-il?

— Ben... oui. Du moment que je le vends, à vous ou à quelqu'un d'autre, j'm'en fous.

— Très bien. Nous avançons. Et vous, mademoiselle?

— Moi je veux éviter qu'il soit perdu. Je veux rendre hommage à Claudine et sa charmante maman en prenant soin d'une chose leur ayant appartenu. Je veux penser à elles, les imaginer, penser que leur image est encore un peu là...

— Très bien. Écoutez... Cet objet-mausolée ne serait pas perdu s'il était chez moi. Vous auriez un droit de visite, et puisque nous habitons la même rue, ce serait assez simple pour vous de venir faire votre petit rituel, disons… une fois par semaine?

— C'est pas pareil quand même…

— Au contraire! Nous serions deux à prendre soin de leur souvenir. Vous ne seriez plus seule à porter ce lourd fardeau…

— Et les mercredis.

— Pardon?

— Je viens le voir tous les week-ends, ET les mercredis. Et pour les vacances il vient chez moi.

— Et si je veux le voir et moi aussi passer du bon temps avec lui pendant les vacances?

— Ma porte vous reste ouverte. Il faudra bien nous entendre. Surtout devant lui.

— Oui, soyons intelligents. Les circonstances nous l'imposent. Pour son bien. Mais que dira Michèle?

— Michèle doit avoir une place bien à elle: le miroir ne lui appartient pas. Ou alors ce serait… bizarre.

— Mais elle sera furieuse!

— Elle n'a pas sa place dans cette affaire. Point.

— Je vous trouve bien vindicative tout à coup. Je ne sais plus qu'en penser. Qu'en pense le cantonnier?

— C'est vrai, un esprit un peu sommaire peut nous éclairer, pourquoi pas… Qu'en pensez-vous, vous, avec vos convictions terre-à-terre?

— J'vous trouve bizarres.

— Il ne fallait pas s'attendre à plus avec ce personnage. C'était couru d'avance. Quelle idée avez-vous eu de lui demander son avis.

— Ce n'est pas moi, c'est vous qui…

— Quelle mauvaise foi! Vous êtes une drôle de personne.

— Mais enfin, vous m'agacez! Vous dites une chose, et puis son contraire!

— C'est le contraire, oui! C'est vous qui dites le contraire de moi. Sauf si je dis le contraire. Alors là, comme par hasard: vous dites le contraire du contraire.

— Vous êtes insupportable... Et dire qu'on s'apprêtait à commettre l'irrémédiable: un pacte ensemble pour toute une vie!

— Ne m'en parlez pas, j'en ai froid dans le dos.

— Brrr.

— Plutôt moi, brrr.

— Bon. Il faut se rendre à l'évidence: nous ne trouverons pas de compromis.»

VINGT-QUATRE

Qu'est-ce que c'est que ce grabuge? Je l'avais bien dit que ça finirait mal. Et puis je vois mal avec cette pluie. C'est pénible. Je suis sûre qu'André ne va pas dire ce qu'il faut. On ne peut pas compter sur lui. J'aurais dû y aller moi-même. André est vraiment... trop mou.
Il faut ténacité, force, virilité, pour avoir le dernier mot.

Et puis ces jeunes qui traînent là, ça ne me dit rien qui vaille. Mais je rêve... ils tentent de prendre mon miroir! Alors ça ne leur suffit pas de prendre la quasi-totalité de la maison! Voilà qu'ils touchent à mes affaires maintenant! Ah cette jeunesse n'a plus aucun respect. Si seulement je les avais devant moi! Ça, je t'en ficherais, moi, des jeunes qui prennent les affaires des autres! Est-ce qu'André saura s'imposer? J'aurais dû y aller moi-même...

Mais enfin, mais c'est la nouvelle voisine ! Comment s'appelle-t-elle déjà... Oui, Julie-Lys. Quel drôle de prénom. Qu'est-ce qu'elle fait là, celle-là ! Dans son état, elle ferait mieux d'être couchée! Voilà bien les femmes, de nos jours... elles veulent tout: maternité, carrière... et après on s'étonne que les enfants n'aient plus d'éducation. La voilà, enceinte jusqu'aux yeux, et debout dans la rue, qui plus est... Est-ce que ça se fait, ça! De mon temps on n'aurait pas traîné comme ça. Chacun chez soi et les vaches sont bien gardées.

J'ai l'impression... mais enfin mais qu'est-ce qu'elle fait! Elle veut mon miroir, ma parole! Regardez-moi ça, accrochée à la camionnette! Aucune tenue. Aucune moralité. Je n'entends rien avec cette pluie... que c'est pénible. J'ai quand même l'impression qu'ils ne vont pas se laisser faire, les jeunes! Ils ont bien raison: de quel droit, non mais de quel droit elle vient se servir, celle-là! Elle les connaissait moins que moi, Claudine et sa mère!

Tiens, voilà André. Il est un peu plus étoffé avec ses deux pulls. C'est une riche idée que j'ai eue là. Il fait moins... gringalet.
Mais qu'est-ce qu'il a à parler comme ça... pas la peine de développer. Allez André, rappelle-toi: tac tu arrives, tac tu en imposes, tac tu prends le miroir. Et voilà un jeune qui part! Les rats quittent le navire! Est-ce que André l'aurait impressionné? Et voilà... Il parlemente. C'est bien son genre, ça. Bavasser pour ne rien dire. Mais! Les jeunes regardent vers moi! Je les entends crier, mais... qu'est-ce qu'ils disent? Je ne comprends pas. S'ils croient m'apitoyer, c'est raté. Je serai inflexible.
Ils parlent, ils parlent... ce sera moins facile que prévu. Mais! Ils font un tirage au sort! On croit rêver... Je demande quoi... une chose, une SEULE chose à André, et il n'est pas fichu de la faire. Pour une fois que je lui demande un service. D'ailleurs ce n'est même pas un service, puisque c'est pour un cadeau: ça ne compte pas. Et le voilà, en train de faire l'andouille comme dans une cour de récréation! Mais on aura tout vu. Et voilà, moi j'attends comme une gourde! Et Monsieur s'amuse!

Mais je n'aime pas que l'on se paye ma tête. Alors là mon André, tu dépasses les bornes. Je préfère te le dire tout de suite mon grand: rira bien qui rira le dernier. Je vais appeler la police, tapage nocturne, une petite nuit loin de la maison te mettra du plomb dans l'aile... euh, dans la cervelle.

VINGT-CINQ

Martine, en osant l'aventure de la vie, avait trahi le clan. Et cela était impardonnable.

«Maman je te demande pardon, je me suis trompée, ma place est ici, avec toi.

— Et Claudine.

— Ma place est ici, avec toi et Claudine.

— Non: et Claudine? Tu penses au mal que tu lui fais? Elle s'est retrouvée toute seule pour les couleurs! Tu sais bien que je fais les coupes mais pas les couleurs! J'ai horreur de ça. Et toi, tu pars, tu me laisses avec mes clientes et leurs couleurs! Tu imagines un peu? De quoi j'avais l'air, moi, madame? Quand chacune me demandait de tes nouvelles! Oh rien, elle est partie, elle est heureuse... Oui oui, sans moi... alors voilà, madame prend son envol, tout va très bien pour elle... ne vous inquiétez pas... pour votre couleur? Pas de soucis, ma fille Claudine va prendre le relais... puisqu'elle n'est pas partie, elle!

— Maman tu avais raison...

— Je sais. Au revoir ma chérie.»

Longtemps Martine était restée sur le palier, refusant la sentence.

Et plus longtemps encore elle entendrait résonner le «au revoir ma chérie».
Mais pourquoi diable a-t-elle ajouté «ma chérie»?
Au fil des années, Martine avait ressassé cette phrase, tantôt susurrée, en insistant sur le «ma chérie», tantôt articulée à outrance, devant une glace, en faisant de gros yeux sévères et en tirant sur son cou.

À force de la répéter, elle avait fini par oublier le ton utilisé ce jour-là par sa mère.
En revanche, elle avait fini par comprendre que le «ma chérie» était une façon de signaler que le rejet ne lui incombait pas. J'aurais voulu que tu sois ma chérie, mais tu en as décidé autrement.
Martine, en plus de supporter le bannissement, devrait en porter la culpabilité.

VINGT-SIX

Un canapé informe, une femme enceinte vautrée dessus, une rallonge électrique dans la main d'un jeune au regard menaçant, un homme d'âge mûr armé d'une paire de ciseaux à bouts ronds, une roue de voiture, le jeune menace d'étrangler l'homme avec sa rallonge, André lui rétorque qu'il est armé, la femme enceinte crie depuis son canapé qu'ils ont de la chance qu'elle ait des contractions car sinon..., des objets, des objets se mêlent et s'emmêlent, chacun éructe, mais ils sont fous, prêts à se battre pour un miroir, ce n'est pas un miroir madame, c'est la fierté de chacun, c'est savoir comment chacun se positionne dans cette jungle qu'est la vie, c'est André qui ne veut plus se déguiser pour se sentir homme, ce sont des objets laissés pour compte qui veulent vivre encore un peu, c'est un jeune qui ne veut plus qu'on lui parle avec mépris et condescendance même s'il ne connait pas ce mot, c'est Martine qui ne dit mot, ce sont des voisins qui demandent le calme, c'est André qui lui dit que tout est sa faute, c'est une brosse à cheveux qui ne veut pas passer dans d'autres cheveux, c'est Julie-Lys qui trouve ce monde tellement triste, ce sont des centaines d'objets qui participent de toute leur présence à cette situation qui les dépasse, c'est André qui se prend un coup de poing sur le menton et qui sourit même s'il a mal parce qu'il a toujours voulu se battre, c'est le jeune qui se trouve méprisable de taper sur un vieux, c'est une femme enceinte qui ne voudrait pas accoucher sur le trottoir, c'est une pile de livres qui se demandent s'ils seront à nouveau lus, c'est Martine qui pleure de honte, c'est un couteau qui se cache pour ne pas être utilisé dans cette situation, c'est André qui donne un coup de poing dans le ventre du jeune, et qui se sent fort tout à coup, c'est une femme enceinte qui voudrait prendre deux Spasfon, c'est une pluie torrentielle qui finit de tout abîmer, c'est un jeune homme au sol qui a envie de gerber, c'est Martine qui pleure de tristesse en regardant l'harmonie que forment des cheveux gris et blancs entremêlés sur une brosse, c'est Julie-Lys qui se rappelle que tout cela lui fait penser à du vomi, c'est André, galvanisé par son assurance nouvelle qui s'empare du miroir, ce sont des chaussures plates Méphisto à lacets, cuir véritable et fabriqué en France, disposant d'un talon de 3 cm et de 5 œillets qui veulent retourner en Normandie, c'est une femme enceinte qui regrette que le canapé soit présenté sans ses coussins, c'est un jeune épaté «mais quelle force il a ce vieux», c'est André qui repose le miroir pour prendre des nouvelles du jeune, c'est Martine à qui on demande si oui ou non elle a été déshéritée, c'est Martine qui hurle de rage, AU REVOIR MA CHÉRIE, c'est un parapluie qui aimerait tant ouvrir ses ailes pour remplir sa fonction, c'est Julie-Lys qui se demande si c'est un hommage à Claudine et sa mère d'accoucher sur le trottoir, c'est Martine qui hurle de désespoir, AU REVOIR MA CHÉRIE, c'est André qui s'excuse, c'est le jeune qui s'inquiète pour la femme enceinte, c'est la vie, la vraie vie dans ce qu'elle a de plus matériel, c'est du sale, c'est du sang recraché, c'est Martine que personne ne regarde et qui souffre, et qui crève, c'est du regret, c'est Martine qui s'arme de cette brosse à cheveux et qui, de toute la force de son désespoir tape et tape et tape sur le miroir, AU REVOIR MA CHÉRIE, c'est un miroir qui explose sous la rage, c'est un jeune et un vieux qui tiennent les mains d'une femme qui crie, on est là on vous lâche pas, le canapé est mouillé je ne sais pas si c'est moi je crois que j'ai perdu les eaux, à moins que ce soit la pluie, c'est Martine accroupie qui hurle en silence, merde elle va vraiment accoucher, protégeons-la de la pluie, c'est une couverture Thermolactyl qui sert encore une fois finalement, c'est des personnes qui ne s'écoutent plus parce que la vie est presque là, parce que ça coupe le souffle, c'est l'instinct de reproduction de l'espèce, c'est la vie qui nous transcende et nous dépasse, c'est la sirène de la police, hurlante, tonitruante, parfaitement inappropriée dans cette toute petite rue des Beaumonts, et c'est Martine, invisible aux yeux de tous, qui crève de l'intérieur. Au revoir ma chérie...

VINGT-SEPT

Oldamir à 19: 36

Être déshérité sans l'être officiellement: c'est possible!

Voici mon expérience: j'ai 60 ans, je suis né d'un premier lit, ma mère étant décédée, mon demi-frère de 40 ans est né d'un deuxième lit.

Dans son testament, mon père dit qu'il laisse l'usufruit de sa maison à sa femme, ce qui est normal.

Au décès de sa femme, l'usufruit de la maison revient à son fils (mon demi-frère).

De par l'héritage, j'ai droit aussi à une partie de tout cela: officiellement je ne suis pas déshérité... Sauf que j'aurai ma part d'héritage à la mort de mon demi-frère, qui est plus jeune que moi. Autant dire après ma mort à moi!

Tout ça pour dire qu'on peut très bien empêcher un enfant direct d'hériter sans qu'il soit déshérité.

Cerise sur le gâteau: si la maison nécessite des travaux pendant que mon demi-frère y habite, je serais obligé de participer financièrement. Elle est pas belle la vie?

Célinette17 à 19: 23

Ras le bol de lire sur ce forum qu'il n'existe que de mauvais enfants qui sont déshérités! Car il y a aussi de mauvais parents qui n'auront

que ce qu'ils méritent!
Mon père a dépensé tout ce qu'il avait, une façon de me déshériter alors que je ne lui ai jamais rien fait.
Je me console en pensant qu'il aura vécu une vie seul sans amour. Je lui en ai voulu car ma sœur est atteinte d'une grave maladie, et avec un peu d'argent elle aurait été mieux traitée.
Mais bon, sans lui maintenant on est bien. Et surtout en paix.

Zazalarousse à 15: 33
Mes beaux-parents ont été obligés de vendre leur maison. Pour nous il n'y aura aucun héritage!
Et alors? Ils font ce qu'ils veulent de leur argent. Heureusement que dans la vie on n'est pas obligés d'attendre l'héritage comme des vautours... À bon entendeur...

GeorgesMichael92 à 13: 12
Bonjour Zazalarousse
Ce n'est pas la même chose de ne pas hériter quand les parents n'ont pas d'héritage à transmettre. Et de savoir que ses propres parents ont sciemment décidé de vous déshériter.
Et contrairement à ce que vous pensez, ce n'est pas une question d'argent. Je ne me sens pas comme un vautour, plutôt comme un animal en souffrance...
J'ai été déshérité, je peux témoigner de ce sentiment de rejet, d'abandon. Ces personnes qui veulent déshériter leurs enfants, je trouve cela lamentable. Si elles savaient la souffrance que cela inflige, elles ne le feraient probablement pas.
C'est atroce de se sentir rejeté ainsi, à tout jamais. C'est une blessure dont on ne guérit pas.
Tous les jours on se demande ce qu'on a fait, ou ce qu'on aurait dû faire... les personnes concernées étant décédées, on restera

toujours avec ces questions, et sans espoir de réconciliation... savoir à tout jamais que ses propres parents vous ont haï... se demander pourquoi...
Ce sont des questions qui me hanteront jusqu'à la fin de ma vie...

VINGT-HUIT

Les gars, coupez la sirène, ça doit être là. Messieurs-dames, Commissaire Badouz. Mais c'est quoi ce bordel ! On nous a appelés pour tapage nocturne, pas pour rixe généralisée! Merde, il y a du sang!
Madame, a-t-on tenté de cambrioler votre demeure? Tout parle contre ce jeune homme: les affaires sur le trottoir, la camionnette. Le cambrioleur aura été arrêté par un voisin bienveillant. Ce vieil homme aura probablement été agressé pour cela. Mais pourquoi est-ce le jeune homme qui saigne? Expliquez-vous monsieur: qui vous a frappé? C'est cet homme? Le contraire est aussi vrai? Monsieur, voulez-vous porter plainte? Je ne comprends pas... vous êtes satisfait d'avoir été frappé? Je vous somme de vous expliquer. Tac vous arrivez, tac vous en imposez, tac vous prenez le miroir. Quel miroir: cette épave? Faites attention il y a du verre partout. Reprenons. Claudine et sa mère sont mortes, vous faisiez la plouf, vous vouliez acheter une part du miroir à monsieur qui n'a rien dans la tête, calmez-vous monsieur, je ne fais que rapporter des propos, madame a brisé le miroir avec une brosse à cheveux, Julie-Lys est un drôle de prénom, c'est l'anniversaire de Micheline, quoi tchou tchou? Ecoutez soyez concis! Qui veut enculer les poules? Mais qui a agressé qui? Avez-vous sciemment agressé

monsieur? Comment ça, vous vous êtes mutuellement agressés: ça ne veut rien dire! Madame aurait voulu vous frapper mais elle n'a pas pu car elle est en train d'accoucher? Merde, elle accouche vraiment!

Madame calmez-vous, je vous emmène à l'hôpital. Allez les gars, on embarque tout le monde: direction l'hôpital pour madame et le poste pour calmer ces deux-là.

VINGT-NEUF

Eh bien, un peu de calme bien mérité... je sais au moins comment finit cette histoire. Quelle heure est-il? Onze heures, un peu de point de croix et je vais pouvoir aller me coucher. Quant à ce pauvre André, tout ça pour un miroir grandiloquent. Je ne sais même pas ce qu'on en aurait fait: il était trop grand. Je lui ai bien dit que ce n'était pas raisonnable: à cette heure-ci, les gens comme il faut ne sont pas dans la rue. Mais que veux-tu. C'est bien André, quand il a une idée derrière la tête, celui-là.

Et cette Martine, qui rôde dehors, dans les affaires de la maison... En même temps je ne suis pas très étonnée. Cette petite, elle a toujours posé des problèmes.
Je lui avais bien dit, à sa pauvre mère... parfois on sent ces choses dès la naissance... «Aimée, tu auras des problèmes avec ce bébé, crois-moi...». J'aurais préféré avoir tort, mais voilà: le constat est là, encore une fois j'avais raison.

Je me souviens très bien la fois où je l'ai entendue dans le jardin. Ah ça! Elle a beau eu le nier, je sais très bien ce que j'ai entendu: «Conne de voisine». Ça ne s'invente pas!
Oh ma petite, je vais t'apprendre la politesse. Ça, je crois qu'elle doit bien s'en souvenir, la petite. Avec sa pauvre mère, on l'a

bien recadrée! Seulement voilà: gros mot un jour, gros mot toujours! Petite peste.

TRENTE

Une lampe des années 60, marron et beige en forme de tulipe inversée, qui ne fait qu'un halo de lumière autour de son propre pied.
Du genre à rester moche pour le reste de l'éternité, sans espoir que la grande roue de la mode ne pointe un jour sa flèche sur elle. En plus elle a un verre jauni et fêlé.

Un lit bateau ancien en noyer. Belle pièce de mobilier campagnard traditionnel ancien, avec petites frottures d'usage. Il ne va pas intéresser grand monde malgré un bel état général: démonté, comment les passants vont-ils comprendre qu'il s'agit d'un lit?

Les débris d'un superbe miroir aux dimensions imposantes (H 230, L 141): miroir à parecloses d'époque Napoléon III, en bois et stuc doré à la feuille. Un miroir central biseauté littéralement explosé, vidé de sa substance. Des morceaux de miroir pendent çà et là, l'ensemble du miroir découvrant les tréfonds de son âme et de sa fabrication. Sur les 8 miroirs inclinés sur les côtés, un seul est intact.
Tout autour du miroir, des morceaux de verre de taille assez petite. Peu de gros morceaux jonchent le sol. Le trottoir scintille

de mille feux, recouvert de poudre de verre.
Un morceau du miroir renvoie l'image d'une femme accroupie qui pleure, et, par le jeu des reflets – ces milliers de brisures se renvoyant les uns dans les autres – se dessine dans une mise en abyme sans fin, une mosaïque géante. Et cette femme qui pleure se démultiplie en des milliers de femmes qui pleurent, et sa souffrance se démultiplie en des milliers de souffrances.
Et dans ce kaléidoscope géant, son désespoir n'a plus de nom.
Alors, pour ne plus souffrir, elle se saisit d'un morceau tranchant du miroir.

TRENTE ET UN

C'est tout de même dommage pour le miroir. J'aurais pu y coller cette coupure de presse dans un coin, comme font les gens avec les faire-part. Je suis contente de l'avoir conservé, il est très beau cet article, dans son encadré un peu mortifère. C'est très raccord. Et puis ce n'est pas tous les jours qu'on connait les gens mentionnés dans le journal!

Enfin. Si ce n'est pas malheureux cette histoire... Pauvre Claudine, pauvre Aimée... Si ce n'est pas malheureux de mourir comme ça. Dans un accident de car... chez les Spaghettis en plus... Personnellement je n'aurais pas apprécié. C'est spectaculaire, certes, mais je ne sais pas. Je trouve cela un peu vulgaire. Et puis je n'aurais pas apprécié de mourir à l'étranger, loin de chez moi. Chez les Spaghettis surtout! Quelle drôle d'idée.

Je sais que je ne dois plus dire les Spaghettis. Il parait que c'est raciste... De toute façon aujourd'hui on ne peut plus rien dire. On ne peut plus rien dire sans être taxé de mauvais coucheur. Quelle époque. Mais enfin je suis chez moi, personne ne m'écoute je peux bien dire les Spaghettis, les Macaronis, les Ritals, ou bien ce que je veux, je suis quand même chez moi!

Si ce n'est pas malheureux de mourir comme ça, toutes les deux, loin de chez elles alors qu'elles partaient prendre du bon temps... Fichu car italien! Un car ou un bus? Je ne sais pas. Enfin une chose est sûre, chez nous ce ne se serait pas passé comme ça. Comme je dis toujours: plus on va vers le Sud, moins on est en sécurité.
Mais enfin quelle idée de vouloir dépenser tout son capital... Je lui ai dit à Aimée. Ah ça je lui ai bien dit que c'était une mauvaise idée de dilapider. Tout ça pour déshériter la petite. Quelle ironie.

Cette situation est tout à fait ironique. Enfin ce n'est pas ma faute, parce que si elle m'avait écoutée... elles ne seraient pas dans le trou. Mais enfin la pauvre Michèle, on ne l'écoute jamais. Parle, parle, parle tant que tu peux, tu t'égosilles pour des choux. Si elles m'avaient écoutée, cette pauvre Claudine et cette pauvre Aimée ne seraient pas dans le trou. Et on aurait surtout évité ce vacarme. Et encore je suis polie... du grabuge, oui! Si on l'avait écoutée la petite Michèle, on n'en serait pas là, à emmener des gens au poste comme dans un mauvais film. Mais enfin... c'est la rue des Beaumonts ici, pas Chicago!

Tout ce vacarme quand même... Quelle histoire... Et maintenant me voilà toute seule... Seule dans cette rue devenue dangereuse comme les rues de Chicago. Je n'ai plus qu'à espérer que le portail soit bien fermé puisque je n'ai personne pour aller vérifier. Et André qui m'a laissée toute seule... On n'a pas idée d'abandonner une vieille dame comme moi.
Fichu André.

TRENTE-DEUX

Alors, pour ne plus souffrir, elle se saisit d'un morceau tranchant du miroir.
Elle hésite.
Ses paupières sont boursouflées à force de pleurer. Il faudrait arrêter de pleurer, tout tourbillonne dans sa tête, il faudrait arrêter de penser aussi, honte d'être soi, elle a mal à la tête, sa morve coule jusqu'à sa bouche, elle l'avale, elle enrage, une force animée par la haine l'habite, elle pleure comme un chien enchaîné, elle n'arrive plus à cligner des yeux car ses paupières la brûlent, ses cheveux lui collent au visage, elle croit qu'elle devient folle de haine, il était beau, il était à elle, il l'aimait, un peu d'air enfin, un peu d'air, mon âme au diable pour une vie avec lui, elle allait vivre, elle aurait enfin existé.

Comment a-t-elle pu croire que l'autre la laisserait vivre? Non, jusqu'au bout réduire son espace de liberté, pourrir sa vie jusqu'à ce qu'il la quitte, la savoir souffrir mais attendre stoïque de la voir revenir comme un chien, à genoux, s'excuser d'avoir osé vivre, tu vois bien ma chérie que tu ne peux pas vivre sans moi, nier l'autre dans son besoin d'indépendance, et pire encore la refuser, la réfuter, la rejeter une ultime fois alors qu'elle est à terre. Ta sœur est si gentille, ta sœur ne serait jamais partie, ta

sœur sait bien qu'on ne peut être heureux que dans les bras de sa mère.
Puis nier son existence des années, et encore, et encore, jusqu'à la faire crever.
Elle hésite encore. Elle ressent une lucidité extrême, comme si une drogue avait ouvert un accès à son inconscient. Tout est clair: elle peut tout arrêter, dans une sorte de joie immense car cette mort serait joyeuse, l'unique alternative à la pleine conscience d'avoir raté sa vie, l'alternative à la douleur de ne pas être aimée, l'alternative à la douleur du rejet de sa mère, au sentiment incurable d'être une erreur.
C'est dans l'oubli qu'est sa place.

Alors elle prend le morceau tranchant.
Elle n'a pas peur, et pourtant.
Pourtant, au lieu de tailler de toutes ses forces dans cette chair pour en extraire le pus de sa vie, elle entend tout à coup un rire tonitruant sortir de sa gorge. Spectatrice d'elle-même et habitée par une puissance qui ne lui appartient pas, elle voit cette rage de tristesse se transformer en rage de vivre.

Alors se laissant aller à cette violente ivresse, elle éructe comme une folle, submergée par cet étrange élan de vie que ne connaissent que les véritables désespérés.
De toutes ses forces elle jette la brisure de miroir au sol, se lève et tourne et danse et piétine ces milliers de brisures de miroir.

Elle hurle, si seulement sa mère pouvait la voir hurler dans cette rue, SA rue, elle aurait tellement honte, DOMMAGE QUE TU NE SOIS PAS LÀ, elle arrache son gilet, les bras en l'air elle danse une danse macabre sous cette putain de pluie, elle arrache son chemisier qui pend sur ses fesses, accroché à son jean, une danse de vie ou une danse de mort elle ne sait plus, une danse hystérique, HYSTÉRIQUE VIENT D'UTÉRUS MICHÈLE LE SAIS TU? MICHÈLE MICHÈLE POURQUOI TU N'AS RIEN DIT TU AS TOUT VU TU ÉTAIS LA CACHÉE DERRIÈRE TON RIDEAU TON PUTAIN DE RIDEAU QUI BOUGE OU ÉTIEZ VOUS CE JOUR OU ELLE M'A REJETÉE OU ÉTIEZ VOUS BANDE DE SALOPARDS JE VOUS HAIS JE VOUS EMMERDE MAIS AUSSI LONGTEMPS QUE JE VOUS EMMERDE JE VIVRAI.

Un morceau du miroir renvoie l'image d'une femme debout qui danse, et par le jeu des reflets – ces milliers de brisures se renvoyant les uns dans les autres – se dessine dans une mise en abyme sans fin, une mosaïque géante. Et cette femme qui danse se démultiplie en des milliers de femmes qui dansent, et son désir de vivre se démultiplie en des milliers de désirs de vivre.
Et dans ce kaléidoscope géant, elle hurle triomphante:
PUTAIN QUE C'EST DRÔLE!

Série "Rue des Beaumonts"

Une vie sur le trottoir
est le premier épisode
de la série "Rue des Beaumonts",
suite de chroniques tendres et féroces sur notre société.

Poursuivez votre promenade
et passez de maison en maison
en lisant *Basse-cour*,
deuxième épisode de la série !

Notes de l'auteur

Vous souhaitez être informé de mes prochaines publications ?
Vous souhaitez échanger avec moi au sujet de ce texte ?
Vous pouvez me contacter à l'adresse suivante :
cecilecrassous.ecrivain@gmail.com
Je serai ravie de vous lire... A bientôt !

Printed by Amazon Italia Logistica S.r.l.
Torrazza Piemonte (TO), Italy

15522575R00059